영심이는 재주 많은 신랑감을
찾으려고 해요.
하지만 한 청년이 뚝딱 만든 집은
한순간에 와르르 무너져 버리고,
또 다른 청년이 삼은 짚신은
툭 뜯어져 버려요.
신랑감을 찾아 길을 떠난 영심이,
재주 많은 신랑감을 만날 수 있을까요?

추천 감수 _ 김병규

대구교육대학을 졸업하고 한국일보 신춘문예에 동화가, 중앙일보 신춘문예에 희곡이 당선되면서 작품 활동을 시작했습니다. 대한민국문학상, 소천아동문학상, 해강아동문학상 등을 수상했으며, 현재 소년한국일보 편집국장으로 재직 중입니다. 쓴 책으로 〈나무는 왜 겨울에 옷을 벗는가〉, 〈푸렁별에서 온 손님〉, 〈그림 속의 파란 단추〉 등이 있습니다.

추천 감수 _ 배익천

경북 영양에서 태어났습니다. 1974년 한국일보 신춘문예에 동화가 당선되었고, 〈마음을 찍는 발자국〉, 〈눈사람의 휘파람〉, 〈냉이꽃〉, 〈은빛 날개의 가슴〉 등의 동화집을 펴냈습니다. 한국아동문학상, 대한민국문학상, 세종아동문학상 등을 받았으며, 현재 부산 MBC에서 발행하는 〈어린이문예〉 편집주간으로 일하고 있습니다.

글 _ 송가람

명지대학교 문예창작학과를 졸업하고, 문예지 〈시현실〉과 〈문학 세계〉를 통해 등단하여 글을 쓰기 시작하였습니다. 지금은 창작 그림책을 비롯하여 역사, 과학 등 다양한 분야에 걸쳐 글을 쓰고 있습니다. 쓴 책으로는 〈모순이는 피를 좋아해〉, 〈강철 심장을 갖게 된 꿀꿀이〉 등이 있습니다.

그림 _ 손샛별

만화창작과를 졸업하고 동화 일러스트 작가 모임인 '구름사다리' 회원으로 활발히 활동하고 있습니다. 작품으로 〈쿡의 넉넉한 바다 이야기〉, 〈자크 이브 쿠스토-바다를 지킨 지구의 선장〉, 〈걸리버 여행기〉, 〈하늘이 준 보물상자〉, 〈사장님은 힘들어〉, 〈메추리와 여우〉 등이 있습니다.

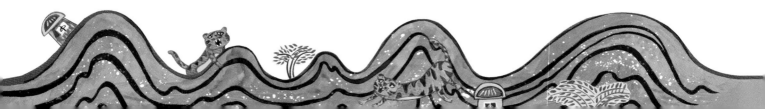

알랑알랑 우리전래동화 **22** 사랑과 믿음

재주 많은 신랑감 찾기

발 행 인 박희철
발 행 처 한국헤밍웨이
출판등록 제406-2013-000056호
주   소 경기도 성남시 분당구 금곡동 444-148
대표전화 031-715-7722
팩   스 031-786-1100
편   집 이영혜, 이승희, 최부옥, 김지균, 송정호
디 자 인 조수진, 우지영, 성지현, 선우소연
사진제공 이미지클릭, 연합포토, 중앙포토

△ 주의 : 본 교재를 던지거나 떨어뜨리면 다칠 우려가 있으니 주의하십시오.
　　　　　고온 다습한 장소나 직사광선이 닿는 장소에는 보관을 피해 주십시오.

재주 많은 신랑감 찾기

글 송가람 그림 손샛별

한국헤밍웨이

옛날 어느 마을에 옷을 잘 짓는 영심이가 살았어.
드르륵드르륵 베를 짜고
한 땀, 한 땀 바느질해서
한나절에 고운 옷 열두 벌을 뚝딱 지었지.
하지만 영심이 아버지는 자나 깨나 걱정이야.
'쯧쯧, 날마다 옷만 만드니 시집은 언제 갈꼬?'

"영심아, 이제 너도 시집을 가야지.
듬직한 남편을 만나 떡두꺼비 같은 자식 낳고
알콩달콩 사는 모습이 보고 싶구나!"
영심이가 곰곰 생각하더니 고개를 끄덕였어.
"아버지 말씀대로 할게요.
대신 재주 많은 사람과 혼인할래요."

하지만 재주 많은 신랑감을 찾기란 쉽지 않았어.
"허허, 신랑감이 이리도 없나?"
영심이 아버지는 이 생각 저 생각 끝에
마을 장터에 글을 써 붙였지.

우리 딸은 옷을 빨리 만드는 재주가 있음.
우리 딸처럼 뛰어난 재주를 가진
신랑감을 급히 구함.
　　　　　　－영심이 아버지－

11

다음 날, 몸집이 아주 큰 청년이 찾아왔어.
"저는 엄청나게 놀라운 재주를 가지고 있습니다.
하루아침에 기와집 한 채를 뚝딱 짓는답니다."
그러고는 으라차차, 쓱쓱 싹싹, 뚝딱뚝딱!
기와집을 짓기 시작하지 뭐야.

14

얼마 뒤 번듯한 기와집 한 채가 뚝딱!
"어때요? 이만하면 따님과 혼인할 수 있겠지요?"
청년은 어깨를 으쓱하며 우쭐거렸지.
영심이 아버지는 깜짝 놀라 입이 떡 벌어졌어.
하지만 영심이는 고개를 갸웃갸웃.
"얼마나 튼튼하게 지었는지 봐야지요."

15

영심이는 기와집으로 다다다 뛰어가
기둥을 힘차게 걷어찼어.
그러자 기둥이 흔들흔들 기우뚱하더니
기와집이 우지끈 무너지고 말았지.

"흥, 이런 집에 어떻게 살겠어요?"
영심이가 청년을 쏘아보았지.
청년은 부끄러워서 후다닥 도망쳤단다.

17

며칠 뒤 또 한 총각이 찾아왔어.
삐쩍 마른 몸집에 장대처럼 키가 컸지.
"저는 한 시간 만에 짚신 수백 켤레를
삼을 수 있어요. 이 정도 재주면
사위가 될 수 있겠지요?"
그러고는 재빠르게 새끼를 꼬아
금세 짚신 수십 켤레를 삼지 뭐야.

18

20

투툭

투두둑

"놀라운 손재주를 갖고 계시네요.
짚신을 한번 신어 봐도 될까요?"
영심이는 살며시 짚신을 신어 보았지.
그런데 짚신이 툭툭 뜯어지는 거야.
"이런 신을 어떻게 신고 다녀요?"

21

청년은 짚신을 둘러메고 도망치듯 떠났어.
영심이 아버지는 청년의 뒷모습을 보며
한숨을 푹푹 내쉬었지.
"어휴, 제대로 된 재주를 가진 청년이
이렇게도 없단 말인가?"

어느덧 소복소복 눈 오는 겨울이 지났어.
꽃 피는 봄도, 후두두 장대비 내리는 여름도 갔지.
"신랑감이 나타나지 않으니 어쩌면 좋을꼬?"
가을이 되자 영심이 아버지의 시름은 커져만 갔어.
보다 못한 영심이가 봇짐을 메고 집을 나섰어.
"아버지, 제가 신랑감을 찾아오겠어요."

영심이는 온 나라를 샅샅이 뒤지며 돌아다녔어.
"아, 나의 서방님은 어디에 계실까?"
하지만 재주 많은 신랑감은 어디에도 없었지.

27

그러던 어느 날, 고갯길을 올라가던 영심이가
발을 헛디뎌 낭떠러지로 떨어지고 말았어.
"으악, 사람 살려! 살려 주세요!"

'이제 나는 죽겠구나.'
영심이는 아래로 떨어지며 눈을 꼭 감았지.
그런데 얼마 뒤 툭! 하는 소리가 나더니 몸이 들썩들썩하는 거야.
눈을 떠 보니 커다란 광주리 안이지 뭐야.
웬 청년이 두 팔로 광주리를 떠받치고 있었지.

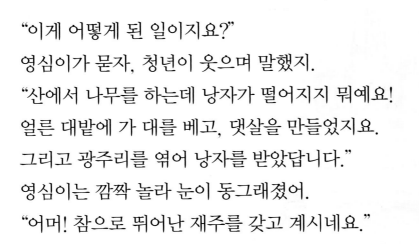

"이게 어떻게 된 일이지요?"
영심이가 묻자, 청년이 웃으며 말했지.
"산에서 나무를 하는데 낭자가 떨어지지 뭐예요!
얼른 대밭에 가 대를 베고, 댓살을 만들었지요.
그리고 광주리를 엮어 낭자를 받았답니다."
영심이는 깜짝 놀라 눈이 동그래졌어.
"어머! 참으로 뛰어난 재주를 갖고 계시네요."

31

그 뒤로 두 사람은 어떻게 됐냐고?
영심이는 청년과 함께
집으로 돌아와 혼인을 했지.
"하늘이 맺어 준 짝이야."
"암, 재주 많은 사람끼리 잘 만났지."
마을 사람들도 모두 축하해 주었지.
두 사람은 부지런히 일하며
알콩달콩 행복하게 살았대.

재주 많은 신랑감 찾기 작품해설

<재주 많은 신랑감 찾기>는 재주 많은 처녀가 자기처럼 재주 많은 신랑감을 찾아 나서는 이야기입니다. 영심이는 한나절에 옷 열두 벌을 만들 만큼 대단하고, 이야기에 나오는 신랑감들의 능력도 어마어마합니다. 이처럼 과장으로 웃음을 주는 이야기를 '과장담'이라고 합니다. 이 이야기는 '재주가 비상한 처녀'라는 설화를 바탕으로 하고 있습니다.

<재주 많은 신랑감 찾기>의 줄거리는 이렇습니다. 옷을 잘 짓는 영심이는 재주 있는 남자와 결혼하겠다는 방을 붙입니다. 한 청년이 찾아와 하루 만에 기와집을 짓는 재주를 보여 주지만, 영심이는 집이 허술하게 지어져 무너질 걸 알아차립니다. 또 한 청년이 한 시간 만에 짚신 수백 켤레를 삼는 재주를 보여 주지만, 영심이는 짚신이 너무 약해 신자마자 끊어져 버리는 걸 알아냅니다.

마침내 영심이는 집을 나와 스스로 재주 많은 신랑감을 찾아다니지만 괜찮은 남자를 만날 수가 없습니다. 그러던 어느 날, 영심이는 발을 헛디뎌 낭떠러지에서 떨어지게 되었습니다. 때마침 절벽 밑을 지나던 청년이 순식간에 대나무를 베고 쪼개고 엮어 소쿠리를 만들어 영심이를 구해 냈습니다. 영심이는 이 훌륭한 재주를 가진 청년과 혼인을 합니다.

옛이야기 중에도 '재주가 비상한 처녀' 설화에 나오는 재주 많은 처녀들은 대부분 여자의 용감하고 새로운 모습을 보여 줍니다. 여자도 남자 못지않게 뛰어난 재주를 가질 수 있다는 걸 알려 준답니다.

<재주 많은 신랑감 찾기>에서 영심이는 남자가 자기를 찾아오기를 마냥 기다리는 얌전한 여자가 아닙니다. 마음에 드는 재주 많은 신랑감을 찾기 위해 직접 봇짐을 싸 들고 세상을 도는 당찬 여자입니다. 이 이야기는 영심이와 남자들의 재주를 말도 안 되게 과장해 보여 주며 한바탕 시원한 웃음을 우리에게 선물합니다.

꼭 알아야 할 작품 속 우리 문화

한복

한복은 우리나라 고유의 옷이에요. 여자들은 치마와 저고리를 입고, 남자들은 바지와 저고리를 입어요. 몸을 편하게 감싸 주기 때문에 말랐든 뚱뚱하든 누구나 편하게 입을 수 있지요. 지금은 격식을 차리는 자리나 명절, 경사, 제례 따위에서 주로 한복을 입어요.

기와집

기와로 지붕을 이은 집이에요. 옛날에는 부잣집만 기와지붕을 올렸어요. 대부분 양반들이 기와집에서 살았답니다. 기와집 안에는 남자가 지내는 공간인 바깥채와 여자가 지내는 공간인 안채가 철저하게 구분되었어요.

짚신

짚신은 옛사람들이 볏짚으로 삼아 만든 신이에요. 짚으로 꼰 가는 새끼로 만들지요. 옛날에는 농사를 쉬는 겨울철에 농부나 머슴들이 직접 짚신을 삼았어요. 가족들 짚신을 만들고 남은 짚신은 장에 내다 팔았답니다.

말랑말랑 우리 문화 이야기

영심이는 옷 만드는 재주를 지녔어요. 베틀로 베를 짜서 옷 한 벌을 금세 뚝딱 만들었지요. 옛날에는 지금과 옷 만드는 방법이 다르고, 옷의 모양도 달랐어요. 조선 시대에 입었던 옷들을 알아보아요.

남자 저고리

저고리는 남자와 여자 모두 입는 윗옷이에요. 남자 저고리는 여자 저고리에 비해 품이 크고 소매가 짧아요. 색도 바지에 맞춰 단순했답니다.

바지

남자들은 통이 넓은 바지를 입었어요. 대님으로 발목 쪽을 질끈 묶고, 허리끈으로 허리 쪽을 묶어 흘러내리지 않게 했지요.

도포

양반 남자들은 바지저고리 위에 도포를 입었어요. 주로 흰색이 많았는데, 신분에 따라 더 화려한 색을 입기도 했어요.

아이들이 입은 색동옷

아이들은 돌잔치와 명절 등 특별한 날 소매가 알록달록한 색동저고리를 입곤 했어요. 아이에게 색동옷을 입히면 나쁜 기운을 막아 병으로부터 지켜 준다고 믿었지요.

색동저고리 입기 싫어요.

이 옷을 입어야 건강하게 지낼 수 있어.

여자 저고리

여자 저고리는 품이 작아
몸에 꼭 맞았어요.
기다란 옷고름으로 앞을
단단히 동여매었지요.

치마

옛날 여자들이 입는 치마는 품이 아주 크고 길었어요.
발이 보이지 않을 정도로 길게 내려왔지요.

임금님이 입은 곤룡포

임금님은 신하들과 나랏일을 이야기할 때 곤룡포를
입었어요. 곤룡포는 두루마기와 같은 윗옷으로
비단으로 지었어요. 노란색이나 붉은색 비단옷에
가슴, 등, 양어깨에 금실로 용이나 무늬를 수놓았지요.

색이 다른 신하들의 옷

신하들은 벼슬의 높낮이에 따라
옷 색깔이 달랐어요. 가장 높은
계급은 붉은색, 그다음으로
푸른색, 녹색을 입었어요.

장옷

여자들이 외출할 때 입었어요.
조선 시대에는 여자들이 얼굴을
가리느라고 장옷을 머리에서부터
길게 내려 썼답니다.

여봐라, 백성들에게
잔치를 열어 주어라!